공룡 테라피

윌북

옮긴이 노지양

연세대학교 영어영문학과를 졸업하고 방송작가로 활동하다 번역가로 일하고 있습니다. 『동의』, 『메리는 입고 싶은 옷을 입어요』, 『나쁜 페미니스트』, 『내 그림자는 핑크』 등 어른과 어린이를 위한 책 90여 권을 우리말로 옮겼습니다. 에세이 『오늘의 리듬』과 『먹고사는 게 전부가 아닌 날도 있어서』를 썼습니다. 늘 새롭게 배우는 것들이 있어서 번역하는 일이 즐겁습니다.

세상은 미쳤지만 멸종하고 싶진 않아
공룡 테라피

펴낸날 초판 1쇄 2021년 11월 12일
     초판 4쇄 2024년 2월 2일
지은이 제임스 스튜어트 그린이 K 로미
옮긴이 노지양
펴낸이 이주애, 홍영완
편집3팀 장종철, 유승재, 김애리
편집 박효주, 양혜영, 최혜리, 문주영, 홍은비
디자인 윤신혜, 박아형, 김주연, 기조숙
마케팅 박진희, 김태운, 김미소, 김슬기, 김송이, 김예인, 장유정
해외기획 정미현
경영지원 박소현
펴낸곳 (주)윌북 출판등록 제 2006-000017호 주소 10881 경기도 파주시 광인사길 217
홈페이지 willbookspub.com
전화 031-955-3777 팩스 031-955-3778
블로그 blog.naver.com/willbooks 포스트 post.naver.com/willbooks
트위터 @onwillbooks 인스타그램 @willbooks_pub
ISBN 979-11-5581-420-8 02840

• 책값은 뒤표지에 있습니다.
• 잘못 만들어진 책은 구입하신 서점에서 바꿔드립니다.

차례

저자에 대해 4

이 만화에 대해 5

어른이 된다는 건 7

우울증 25

행복 41

사랑과 우정 59

스트레스, 생각 과잉, 불안 87

일이란 무엇일까 113

성공과 실패 133

저자에 대해

나는 2019년에 ADHD 진단을 받았고 2020년 말부터 본격적으로 웹툰 작가로 살아가게 되었다. 이 둘 사이의 연결고리가 완전한 건 아니지만 ADHD 진단이 나에게 유용한 변명을 제공한 건 사실이다. 아니 여러 면에서 최고의 핑계가 되었다.

첫째, 내가 직장 생활을 왜 그렇게 괴로워했고 유난히 못했었는지에 대해 더 이상 고민할 필요가 없어졌다. 오전 9시부터 오후 5시까지로 정해진 근무 시간을 벗어나는 건 이기적인 환상이 아니라 반드시 필요한 자기 보호 전략이었다.

둘째, 그동안 막연히 우울증 때문에 내가 일 처리를 어려워하고 익숙한 공간에서 벗어나지 못한다고 생각했으나 이제는 그렇지 않다. 나에게는 보다 구체적인 변명이 생겼다.

ADHD 증상 때문에 일반적인 방식으로는 일을 할 수 없고, 기분을 개선시키기 위해 다른 작업 방식을 고안해야만 했다.

셋째, 하고 싶은 말은 많지만 긴 글을 쓸 집중력이 없어 좌절하곤 했는데 내 글쓰기 실력 문제가 아니라는 걸 알게 되었다. 나는 글을 꽤 재미나게 썼다. 다만 내 산만한 머릿속에 다른 생각이 들어오기 전에 짧고 분명하게 생각을 표현할 적당한 매개체를 찾아야 했을 뿐이다.

내 친구이며 동지이자 일러스트레이터인 K 로미는 이 모든 공룡 만화의 시작이다.

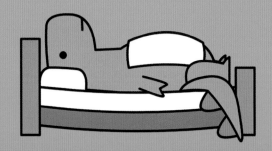

이 만화에 대해

보통 서문에서 독자들은 이런 질문과 답을 기대할 것이다. 왜 하필 공룡인가요? 나도 그럴싸한 대답을 할 수 있다면 얼마나 좋을까. 이를테면 인간이라는 종의 물리적인 신체와 잠시 거리를 두면 인간 조건에 대해 보다 심오한 진실을 발견할 수 있어서, 라는 식으로 말이다. 하지만 솔직히 공룡을 택한 이유는 단순하다. 공룡은 흥미로운 존재이고 K가 공룡을 상당히 잘 그리기 때문이다. 물론 공룡이 왜 흥미로운지 파고들다 보면 만족스러운 답이 나올지 모르지만 그렇다고 해도 행복한 우연일 뿐이다.

나는 사람들이 특정 만화에 열광하는 이유가 시류와 맞아떨어지기 때문이라고 생각해왔다. 이 공룡 만화는 코로나19가 우리의 일상이 되고 출구가 보이지 않는다고 느끼게 된 2020년 9월에 처음 등장했다. 봉쇄 수준의 사회적 거리두기로 집 안에 갇힌 사람들은 새로운 놀 거리를 찾아야 했을 뿐만 아니라 이 낯선 상황이 유발한 외로움, 우울증, 불안증과도 싸워야 했다. 이 만화는 사람들이 공감할 수 있는 방식으로 정신과적 문제들을 말하고 있다. 하지만 팬데믹이 이 문제의 직접적인 원인이라기보다는 앞으로 장기적으로 이어질 사태를 조금 더 앞당겼을 뿐이라고 생각한다. 매년 점점 더 많은 사람들이 어떤 종류든 정신적인 문제를 안고 살아간다. 나는 이 정신 건강 문제를 있는 그대로 터놓고 말했을 때 사람들이 일종의 카타르시스를 느낀다는 사실을 알게 되었다. 잠시 잠깐이라도 숨통이 트이는 것이다.

많은 만화들이 마음의 문제와 씨름하는 이들의 고통에 초점을 맞추고 있다. 나는 사람들이 그 안에서 희망을 발견하길 바란다. 왜냐하면 그 만화들은 고립이 아니라 관계에 집중하고 있고, 타인과의 연결 고리야말로 점점 분열하는 세상에서 우리를 구원해줄 것이기 때문이다. 그래서 나는 여러 관계가 얽힌 현대 사회의 근무 조건이 우리의 정신 건강에 미치는 영향을 강조했다. 물론 이 조건은 비영구적이며 상황에 따라 달라질 수 있다. 어쨌든 우리는 사회 안에서 살아간다. 하지만 인류학자 데이비드 그레이버David Graeber가 말했듯 이 사회를 건설한 건 우리고 새로운 세상을 만들어가는 일은 생각보다 그리 어렵지 않은 과업일지도 모른다.

어른이 된다는 건

알고 싶지 않았던 것들을 배우는 일

학교는 구려요.

알아. 하지만 직업을 가지려면 학교를 마쳐야지.

어떤 직업요?

구린 직업.

인생은 불공평해.

그걸 바꾸기 위해
노력해야 하지 않아요?

아니.

그냥 받아들이고
고통받는 게 나아.

17

20

너 스스로 생각을 해.

하지만 제가 만들지도 않은 언어로 생각해야 해요.

다른 이들이 준 정보를 기반으로 내가 택하지 않은 경험을 하면서 말이죠.

나는 어른들이 불가능한 요구를 한다고 생각해요.

우울증

내 머릿속에서 무언가 썩어가고 있어

오늘은 최악이었지만
한숨 푹 자고 나면 괜찮아질 거야.

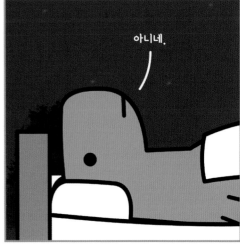

아니네.

한마디로 너를 설명해봐.

피곤하네.

아니 네가 어떤 공룡이냐고.

대답한 거야.

43

넌 꿈이 뭐야?

낮잠 자는 거.

아니, 인생에서
진짜 하고 싶은 게 뭐냐고.

최대한 충분히
자주 낮잠을 자는 거.

47

50

53

사는 게 왜 이렇게까지
힘들어야 할까?

안 그래. 어떤 이들에게는
식은 죽 먹기야.

그리고 계속 그렇게들 살지.

우리를 힘들게
만들면서 말이야.

57

사랑과 우정

사랑에 냉소적인 건 진부해

함께 있으니까 이런 침묵도 좋아.

63

슬프다.

그렇구나.
내가 옆에 있어줄게.

너도 기운 내라고 할 거야?
내가 이럴 때면 다들
항상 기운 내래.

아니, 안 그럴 건데.
난 슬픈 너도 좋으니까.

기분이 가라앉네.

모든 게 다 잘될 거라고
말하고 싶지만 난 그 말 싫더라.

다들 뭐가 중요한지 몰라.

모든 게 꽝이 되더라도
난 네 옆에 있을 건데.

미안.
지금은 들어오지 마.
여기 너무 어두워.

하지만 네가 밖에서
기다린다는 걸 알면,

이 어둠을 견디는 게
더 쉬워질 거야.

83

스트레스, 생각 과잉, 불안

딱 적당한 만큼만 생각할 줄 아는 기술

100

어떤 식으로 결정을 해?

먼저 모든 선택지를 펼쳐놓고 정보를 수집해서 장점과 단점을 비교해봐.

똑 부러지는 걸.

이러면 정보의 양에 압도되고 시간이 없어져. 그때 가장 쉬워 보이는 걸 고르면 돼.

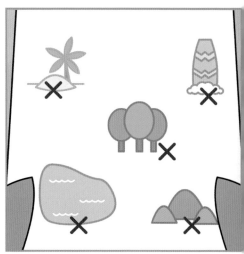

내 직업이 싫어.

자기 직업을
좋아하는 건 불가능해.

그런가.

그러면 우리가 이 세상을
잘못 만든 게 아닐까.

요즘 일은 좀 어떤가요?

내 영혼을 짓밟고 있어요, 존.

그럼 정상인거네요?

그렇다고 할 수 있죠.

왜 이 일을 하고 싶어요?

돈 벌어서
취미 생활하려고요.

어떤 취미 생활이죠?

세 끼를 다 챙겨 먹고
실내에서 자는 겁니다.

열심히 일하면
당신도 부자가
될 수 있어요.

성공과 실패

중요한 역할을 맡는 것과는 상관없어

137